KB275834

너를 보내는 동안

너를 보내는 동안

b판시선 78

박관서 시집

너를 보내는 동안

도서출판 b

네 번째 시집을 묶는다. 처음으로 부담 없이 시집을 묶는다. 돌아보면, 다행히 누군가에게 빚을 놓지 않았고 빚을 짓지도 않았다. 누구나 자신만큼의 삶을 살고, 나 역시 그러하였다. 하지만 원래 빚이란 없는 것일 터이다. 사랑하는 사람이 아니라, 사랑하는 사람의 마음을 어떻게든 묶어두고자 애써 마련한 약속일뿐이다.

그리하여 다시 굽어보면 그러하다. 시라는 것 또한 그러한 빚이자 약속일 것이다. 그리하여 사람을 직시하고 사랑을 마주 보며 졸시들을 대하니 편해진다. 이른 겨울에 접어드니 낮은 줄어들고 밤이 길어졌다. 될수록 생각은 낮추고 문밖으로 자주 나서야겠다.

| 차 례 |

제1부

메모

살아가는 편편이
물고기의 비늘 같은 편린으로
나를 이루고 당신을 이루는 것이라고
믿는 밤에 하늘을 본다

저녁에

순두부찌개 한 숟갈을 떠서
흰밥에 비비며 그대를 생각합니다

그대가 멀듯이 마음도 멀어
어두운 밤을 쓸쓸히 쓸어내립니다

그렇겠지요 그러하겠지요
소리가 이는 데로 귀 기울이면요

아스라한 얼굴이 솟아올라
열 손가락을 펴서 따뜻이 감쌉니다

기별이 끊겨 기별을 낳듯이
창문을 여미며 그대를 맞이합니다

가실 어머니

가실 햇볕 비추면 광대뼈도 녹는다

가장자리 무논의 샛노란 볏가리도
죄 없는 고개를 꺾고
마른자리 평상의 검정 깨알도 티를 감춘다

가까웠던 이들이 떠날 채비를 하고

긴 옷깃을 여미며
살갗으로 저미는 서릿발을
안방에 넣는 군불로 씻는 시월이려니

철렁철렁
가실 하늘 무연히 까막까치가 난다

가을로 붕우^{朋友}

우리 함께 먼 길을 가다 보면
서로가 서로에게

넘을 수 있는 강이 있고
넘을 수 없는
강이 있다

오래전에 넘을 수 없는
강을 건너, 데면데면한
숙취의 새벽에나 떠오르던 친구가

급성 뇌경색으로 넘어져
집 안으로 들어가
자리보전한다는 소식이다

가을도 끝물인 이 아침에
풀지 못할 게
무엇이며

건너지 못할 강이 어디 있으랴
일체 연락을 두절했다는
그를 생각하며

오늘 하루는
유서를 쓰듯이 살아야겠다

쓸쓸, 그녀의 사각형

사각형이 된 그녀가
흐느껴 울며 전화를 했다

갑자기 깨진 유리잔을 보듯이
돌아보면 그러하다

나와 너와 그와 우리 사이에 직선을 그어
집이 생기면
밖에서는 안을 보지 못하고 안에서는 너를 보지 못한다

굴러가지 않는 집에서
서로를 굴리지 못해 분하다
사각형으로 쌓아 올린 집에서 잠들지 못한 너에게

나를 보낸다 제 얼굴을 거울로 보며
어금니를 다신다
슬픔이 슬픔으로만 남아 깎아서, 떨구고, 지워

되새기는 어둠이 섬으로 가득한 집에서
누구도 꼼짝 못 하는 바람이

나와 너와 그와 우리를
쓸쓸으로 지나간다

尹 兄을 보내며

하루 내내 무위의 눈발이 휘몰아쳤다

날개가 있는 새는 하늘을 날고
비늘이 있는 생선은 물에 잠기는데

홀연히 지나가는 바람 뒤에서 그저
옷깃을 여미는 우리는 무엇인가

어리석은 밤이 깊어서 허리가 휘도록
치고받고 죽이고 이기는 영화만 보았다

붉은 혀는 밖으로 내돌리고
손톱 아래 검은 그늘까지 불러내어

새벽까지 그치지 않는 눈발에 섞어 날렸다
처음으로 돌아가서야 슬픔이 고였다

하늘 아래, 애초 없었던 그대를 풀어주었다

봄비

바다 건너 시집갔다 다니러 온
딸아이의 품 안에서

보들보들 풀려나오는
봄바람을 타고

하루 내내 약비
이슬비 내리더니

이제 갓 두 살배기 손주 아이
입안에 몰캉몰캉

윗니 아랫니 돋았다
새하얀 냉이 내음

손가락을 타고 올라 오물오물
온몸이 다 따뜻하다

무안일로근방각설이마음정처

쌓인 눈이 버티는 현관문을 열고
밖으로 나간 아내가 거래를 한다

지난밤 내내 폭설이 쏟아져
발목이 눈에 푹푹 묻히는 아침

세찬 눈발이 집안으로 치고 들어온
날이 선 고드름 처마 안쪽에

김칫국물 끼얹은 밥 한 뭉텅이를
바가지로 모셔두고 들어온다

가만히, 돌아보면 그러하다
주고받는 거래가 잘 이루어져야

빈속으로 차갑게 몰리는 야생의 눈도
이빨에 발톱까지 따뜻해진다

다시 폭설이 퍼부어도
밖에 있는 이들로 하여 편안해진다

목포, 오거리식당

왕년의 주먹들이 모여서 우는 곳
하릴없는 집에서 빠져나와
날리는 소주잔으로 어둠을 지우는 곳

입술을 타고 오른 물고기가
꼬들꼬들한 속살을 풀고 꼬리 치는 곳
그러하였다 그러하였노라고
서녘을 보는 이들끼리 어깨를 걸친다

사랑은 함부로 하는 것이라고, 노래는
젓가락을 두드리는 것이라고
그러하다고 그대도 그러할 뿐이라고

암만, 고꾸라져서 통을 파던 바다가
그대의 그릇마다 화사하다

걷는 길로부터 ― 나무 심기

나무를 심는 일은 왜 이리 경건한지
이유도 몰래 얻어먹은 욕설로 해서
불구덩이였던 며칠간이 싹 지워지고
글쎄, 처음처럼 먼 하늘이 보였어요

가냘픈 나뭇가지를 어림잡고서 살살
기저귀를 보송보송 채우듯이 슬슬
무른 흙을 채워 넣는데요 그래
환갑을 넘어 애써서 꺾여 돌아가는
내가 걷는 길이 다 보이더라니까요

치뜬 눈을 꼬옥 감고서 바라보니
옴짝달싹 온몸으로 흙을 밟고서
흙에 담겨 흙으로 살아왔더라고요
밟혀서 다져지고 채이면 먼지가 되어
하늘로 때때로 풀 향기로 날았더라고요

꼬물꼬물 물을 찾아 빛살을 찾아

그대를 찾아 뻗어가는 실뿌리들이
고요히 만져졌어요 잠든 아내의
젖무덤에서 풍겨오던 내음들이 가득
부풀어 풍선이 된 몸의 체중을 실어
듬뿍듬뿍 눌러 다져서 밟았어요

나무의 우듬지는 덮는 게 아니라는
돌아가신 어머니의 말씀이 떠올라서
밟았던 흙을 쓸어내리며 하늘로 난 길을
다시 보았어요 봄날의 연두로 물든
어린 산 하나를 품고 내려왔어요

물염사주 勿染四柱

하도 일이 안 풀려 점을 치러 간 아내에게
광주의 점쟁이가 그랬단다

홀로 헤치고 나가야지, 누구도 믿지 말고
특히 친지들은 온통 흙탕물이니

그럴 줄 알라며 퇴직금까지 잘라간
인척들을 멀리하라 했다지만

사는 일이
가을 하늘처럼 멀어져

흰 쌀을 씻어 둥근 솥 안에 넣고
손등으로 자박자박 밥을 안치던 어머니

그녀의 마음에 이르지 못한 어린 사내가
혀로 뱉는 말에 물들지 않는다

능파각에 누워

흐린 하늘로 줄기줄기 가지를 뻗은
나무들이 온통 소란스럽다

두 귀로 스며들어
발가락 사이로 빠져나가는 동리산 계곡
물골의 뼈들이 굵고도 깊어

소리소리, 물에도 슬픔이 있는가
서로 엉켜 불러내는 얼굴이 새하얗다

늙고 병든 어머니는
요양원에 있고
오랜 아내는 빈집에 있어

드디어 나는 홀로 되었나, 온통
머리 위로만 향하던 온몸을

찬 바닥에 누워서도

능히 편하도록

늦골에 고여 있던 신음까지 풀어주나니

달래, 가장 예쁜 이름

임달래
우리 마을 월선리에서 가장 예쁜 이름

임달래
뒷동네 지제마을 어귀 문패에 새겨진 이름
이른 봄날의 연분홍 향기에 묻혀
가는 가을날 저물녘 바람을 따라

임달래
낮은 블로크 울타리를 지키는 비파나무
열쇠 채운 대문 안쪽 마당에서 누구를
기다리는지, 산책을 하는 이들이

언제 만난 듯
언제 만날 듯

한 순배로만 끝낼 수 없어 다시
삼삼오오 동네를 도는 이들이 만나

만나지 않아도, 돌아보지 않아도

그 자리에 그대로 있는 가장 예쁜 이름
임달래

장수국밥

진실을 직시해버린 슬픔이
지하철로 돌아오는 차창에 물들 때
송정리역 사거리 번잡한 그 집에 간다

도야지의 간과 내장과 살갗을
두루두루 섞어서 끓여
새하얀 국물이 우러난 국밥을 먹는다

우걱우걱 먹을 때 행복하듯이
너덜너덜해진 속을 달래는 건 속이다
누군가의 속내든 속내는 모두

진실이다, 거짓말까지도
종내에는 내게로 와서
다시 그들에게 흘러가고 흘러간다

오빠, 우리 밥 먹고 어디 갈까?
국밥집으로 들어온 가을이 깊다

가을의 벗들

아홉 개의 촉수가 자꾸 밖으로만 향하는
가을 아침에 연애시 한 편을 써서 네게로 보낸다

잃어버리면 안 되는 게 있다
누구에게나

아무리 잘게 부서진 유리 조각 파편들도
제 빛은 잃지 않는다 그 아릿한 빛을 쓸어모아

내 안에 있는 너에게로 보낸다 미움도 사랑도
사라져 얼굴만 남은 짙은 눈빛을 되새겨

남쪽으로 보낸다 아직도 무너진 내게로
찾아와서 함께 무너져 아침이 되는

가을날의 빛깔은 휘지 않는다
그런 게 있다

꿈으로 노는 어머니

계단은 부서져 없고 엘리베이터 고장 난
시민아파트 5층에 사는 그녀가 그리웠더라
꿈인지 생시인지 몰라 더욱 애가 타서
애를 써서 올랐더니, 붉은 단풍으로
검은 싸리를 쓸어 담고 있더라니

"아야 아가, 네가 너잉께. 볼가지면 볼가지고
사그라들면 그냥 바라보는 겨, 아침에 내린
서리를 맞으며 꾼 꿈으로 부추 새순이
단맛을 낸다고 안 허드냐! 빨랑 가그라"

가을 노래

그래, 가을을 놓치지 않아야 한다
하늘하늘 함께 모여서 떨구던
고개를 세워
집으로 돌아가야 한다

문을 닫아야 문이 열리는 밤 기차를 타고
집이 아닌 집으로 향하던 아이의
등을 쓸어 안는다
출타한 이들은 누구나
남몰래 자신의 동굴로 간다

그대를 낳고 기른
그대의 아홉 군데 출입구에는
지렁이의 살갗이
제 안으로 제 스스로
물보다 진한 점액을 내어 길을 만든다

편지를 보내던 이들은

여전히 편지를 쓴다
아프긴 해도 상처로 남지 않는
침을 묻혀 꾹꾹 연필로 써서
밖에서 모인 기분을 접어 네게 부친다

제2부

통문

쏟아버리고 싶었던 말은
네게로 가는 말이 아니라 실은
너를 건너 내게로 오는 말이 아니었으랴
광장에는 오늘도 어둠이 내린다

봄날 이후

탕진하고 싶어서
몸이 다 뒤틀리는 이 봄날에

그늘에서는 슬픈 이들이
다시 눈을 뜨고 있다

사십구 일을 나기 전에는
문밖으로 나서지 않아야겠다

이슬비가 수시로 내리고
등뼈 안쪽이 다 젖었다

시인

슬픔을 맛보는 이들이 모여서 눈썹을 다듬고 있다. 열 손가락이 다 혀가 되었다. 오직 벗어나야 벗어나지 않는다. 눈이 열리고 귀가 트인다. 건너갈수록 멀어지는 그대, 돌아누운 그대의 등 뒤에서 손바닥이 흥건하다. 손가락을 빠져나간 허망으로 뼈가 젖는다. 담장은 높고 어둠에 이르렀다. 아무라도 기다리면 된다. 흰 두부 한 모가 하늘에 떠서 그들을 기다린다.

우리들의 소망은

길거리에서 살아 있었어요

잘 접히지 않는 빈 상자에
두 손을 더하여 굽은 허리를 얹어
항상 다니는 대로변을 느릿느릿
있는 듯 없는 듯 허위허위

원래 웃을 일이란 없어서
슬플 일도 있거나 말거나
속엣것들 빠져나가면 아무리
세우려 해도 세워지지 않아

빈 상자들 층층이 차곡차곡
지구보다 배불리 쌓아 올려
다투거나 앞설 리 없는
유모차에 싣고서 가뭇없이

왔던 길로 돌아오는 어머니

언제나 붉은 신호등 아래에 서서
벌금 물지 않아도 뱉지 못하는
묵은 가래침을 깊이 삼키며
아무도 돌아가지 못하는

어머니에서 살아 있었어요

1029 만가

내 안으로 들어온 아기곰이
궁싯거리며 돌아다닌다

아기라는 게 그런 걸까
곰이라는 게 그런 걸까

다른 나라에서 건너오거나
다른 세상을 본 이들이 그렇듯이

솟는 힘을 살가죽으로 싸서 안고
밖으로 나가지 않아 아기곰은

좁은 골목에서야 간신히 안겨 오는
사랑하는 얼굴을 바라보다가

누워서 밟히거나 밟거나
그냥 서서 죽거나 죽어가거나

하늘의 해는 사라진 지 오래
사람의 나라는 보이지 않아

아기곰 안으로 들어간 이들이
슬픔 슬픔 어슬렁거린다

1894, 무안동학

흐린 진눈깨비가 그대에게로 몰립니다
슬프다, 라고 늦게까지 중얼거리다가
할 말을 숨긴 혀에 놀라
샛노란 마음의 불씨를 댕깁니다
그래요 겨우 130년이 흘렀군요 지금은
당나귀 엉덩이쯤으로 여겨지는
사대부 양반이 상놈의 손을 펴서
말의 편자를 갈듯이 불로 지져
짐승의 지문을 입혀 값을 매기던 야만으로
만들었던 나라가 공자의 나라로 버젓이
교과서 한쪽에 물 젖은 빨래로
흘러내립니다 제 잇속을 채우기 위해
이웃 나라 강도를 불러서라도, 인간의
목숨을 취해서라도, 동고동락하는
동족을 팔아서라도 연명하던
오랜 잡놈의 피를 씻어내기 위해
흰 이빨로 제 살을 물어뜯으며 몰려드는
이른 저녁의 밀물로 꼭두새벽의 썰물로

개안한 뒷물을 하고 장독대에 올리던
맑은 정화수 같은 당신들의 세상을
우리 어미 아비는 진즉부터 지녔습니다
집을 잃은 각설이, 돌아다니는
동네 개한테도 밥 한 주발을 나누는
우리의 나라를 위해 나섰던 1894년의
무안동학이란 말이 다시 빈 주먹으로
가슴으로 뜨겁게 몰립니다 죄송합니다
아직도 이루지 못한 당신들의
꿈 앞에서 형형한 눈빛 앞에서
弓弓乙乙 多多勿勿
거칠 것 없이 넓어져 환한
고막다리를 건너 끝없이 몰려갑니다

* 궁궁을을(弓弓乙乙)은 평등한 세상을 꿈꾸었던 동학군들의 부적이었고, 고구려 때 옛 땅을 회복하는 것을 다물(多勿)이라고 하였다.
* 고막다리(古幕川石橋)는 무안에서 함평으로 건너가는 돌다리로 1894년 동학농민혁명 당시 나주성을 공격하던 무안의 동학군들 수만 명이 순절한 곳이다.

미안한 밤의 시작법
—미얀마의 시인 켓 띠에게

그러니까 엿새 후에
말이 말을 하는 말을 들었다

말이 다가 아니라고 하는 말도 있지만
케냐에서 온 커피를 내리던 사내는
맑은 눈빛을 가누며 실은 향내가 빠지면
할 말이 없다는 말을 하며 귀를 씻었다

할 말을 하는 시인의 장기를 꺼내어
불로 태워 죽이며 나라를 세우거나 지키는
2022년 12월 30일 후에 그러니까

진흙으로 빚어 신의 숨을 불어넣은 인간이
말 못 하는 어미의 살과 뼈를 가르고 나온
개나 돼지만도 못해진 엿새 후에

말로 말을 하는 말을 아프게 들었다
바람으로 잔모래가 빠져나간 끝에 이르러

갈 곳이 없어서 겨울 햇살까지 따뜻한
남녘의 동그란 도시를 떠돌았다

말이 하는 말로 말이 되는
당신이 아니라, 내가 개가 되어 웅웅
소리를 쫓아 소리를 담아 소리를 지르며 속으로
다시 말하면서도 말을 못 해서 미안한

말을, 그러니까 고요히 쓰다듬어
말없이 함께 밤을 맞는 것이다

풍뎅이의 노래

―휴전선에서

검은 풍뎅이가 맴을 도네

머리를 꺾여 뒤로 돌린 풍뎅이가
멀어진 제 몸을 찾아서 도네

꺾인 날갯죽지를 파닥이며 도네

돌고 돌아도
땅바닥을 벗어나지 못하는

풍뎅이가 날던 하늘에는
검은 불꽃이 붙어

아무도 바라보지 않네 아무도

멀어 봐야 남과 북 삼천리
머리 둘린 몸뚱이를 돌리고 돌려

돌리면서 살아가네
말이 아닌 말을 말로 알고

검은 심장으로 살아가네

해방 80년이라니, 검은 눈으로

검은 갯벌에 검은 짱뚱어가 검은 어깨를 추켜들고 멀리 바라보네. 수행승이 그러하듯 먼 풍경으로 가까이 자신을 들여다보네. 어디로 튈지 모른다는 말은 당신들의 말, 짱뚱어를 낚아서 갈아 채에 밭쳐 속풀이 장국으로 끓여 먹거나, 통째로 기름에 튀겨 보양하는 당신들의 입맛대로 살아가는 것은 아니라네. 해방은 묶인 이들의 것, 돌아보면 이제 겨우 80년이네. 진즉 돌아간 아비의 등에 새겨져 있던 징용의 흉터와 술만 마시면 집이든 밖이든 가리지 않고 욕설에 주먹질을 섞어 어디로든 튀고 말던 상처였네. 해방 80년이라니, 지배하고 억압하던 당신들의 기억은 없지만 나는 내 길을 가네. 내게서 나서 내게로 돌아가네. 넓어져야 하고, 깊어져야 하고, 해방은 일인칭으로 돌아와야 하네. 그래 어디로 튈지 모르는 우리는 현재진행형, 왕방울 눈을 부릅뜬 짱뚱어가 밀물이 들고 썰물이 드는 자신의 나라를 고요히 지켜보네.

맨손 체조

오래전에 다리 불편한 고향의 대통령한테
물려받은 맨손 체조

진즉에 몸에서 물린 운동이나 헬스, 돈이나
보석 대신 순전히

두 손 두 발 이리 돌려 저리 돌린 몸으로
하늘 한 번 바라보고 땅을 향하여

뒤틀어 비튼 손으로 발이 닿는 거리에서
나를 움직여 나를 만나기가 어려워

누구는 몇십만 명을 죽여서 영웅이 되고
누구는 몇십 개의 나라와 민족을 멸하여

세계 대제국을 이루었다는데, 나는
내 손 내 발이 닿는 곳을 벗어나지 못해

아침마다 몸이 불편한 대통령을 떠올리며
해바라기 맨손 체조를 한다

촛불 약사

새벽에 일어나 뱀이 우는 소리를 들었다

너무 강하지 않게 뜨겁지 않게 매끄럽게
종이컵 안을 기어다니던 혁명의 그림자들이

돈과 법과 근로와 시험과 교회와 연줄과 촌지와
판검사와 기자와 CEO와 의원님으로 엉켜
꿈과 옷과 아파트와 학교와 때깔과 차와 말과
교회와 신문과 TV와 음식과 스포츠로 뒤엉켜

뒤엉킨 마을 인근의 논밭 두렁이나
야산 인근에 둘러서 쳐놓은 그물망에 걸려
초점 흐린 뱀의 눈빛으로 맴을 돌다
돌다가 차디찬 체온으로 징그러운 몸으로

그제야 드러나는 살모사를 그 등줄기를
둘둘 막대기로 말아 올려 침을 뱉으며 그제야
한 계절의 생계비로 되는 소리가 들렸다

생각만 해도 치 떨리는 어둠인데 여전히

독재자는 감형으로 출옥하여 저택에 들고
어디선가, 너인지 나인지 안에서인지 자꾸만

촛불의 그림자로 기어다니는 소리가 들렸다

실눈 뜬 남주 형이

분홍가슴비둘기가 앉았다 날아간
백일홍 나뭇가지에서 나서
자라난 아이들이 9월이 되었다

잔나비바람이 불었고
아무도 믿지 않아, 남에서 온 아이들은 남으로 가고
북에서 온 아이들은 북으로 간다

눈이 큰 그 아이들은
어미의 품 안에서 나와 청동기 석기시대를 넘어
털북숭이 우리가 된다 믿음이 깊다

'함께 가자 우리'라는 말은
해남이나 서울, 평양에서 오지 않아
닭 뼈까지 쪼아먹는 민물새우들이 아침저녁으로

통발을 놓아 목 언저리에 간신히 남은
이태원의 아이들은 어디로 갔느냐

압록강을 넘은 꽃제비들은 어디로 갔느냐

빨강에서 파랑으로 넘어가는 분홍
제 가슴을 물들이는 슬픔이 혁명이더냐
제사 그만두고, 아이들의 눈을 보며

싸움질로 중심이 되는 허깨비를 치우라고
실눈을 뜬 남주 형이 단박에
분홍가슴비둘기로 그대에게 이른다

이봉창, 봄꽃의 경고

충분히 더러워진 얼굴로 그를 본다

서대문형무소역사관 높다란 벽돌담 아래 새하얀 만장으
로 줄줄이 내걸린 독립투사들의 의연한 표정들 사이로 해맑
은 봄꽃을 본다 철도원이었고 점원이었고 일용직이었고
술은 양이 없고 사랑은 가리지 않는 한량이어서 하늘도
나라도 따지지 않아 몸으로만 살고자 했던 그에게로 선뜻
정을 통한다

힘으로만 자유가 얻어진다는 1%의 믿음이 억압받아야
친절해진다는 99%의 피로 물든 시대에 지배하고 부리는
이들의 편에 끼이지 않아 누구도 해치지 않은 무해한 사람을
본다 짐승으로 덤비는 문초와 고문을 받으면서도 담담히
나는 독립운동가도 아니요 노동자도 아니요 단지 피압박
받는 나라의 무직자라고, 흐릿한 그늘 너머 햇살로 쏟아지
던 그의 외줄기 고백을 본다

그저 이기는 게 다여서 작은 적을 모아 큰 적을 이루어

죽이고 뺏고 차별하며 큰 적으로 작은 적을 제압하는, 모두
가 모두를 적으로 삼아 싸우는 난쟁이의 나라에서 그리하여
한 명의 배신자가 천 명의 사람들을 울리면서 부리는 그러한
나라를 위한 불꽃이었으랴, 고요한 나무 잎새에서 봄꽃이
폭탄으로 터져 오르나니, 기억할지라!

　　부끄러이 쏟아지는 그의 경고를 듣는다

1주기라네, 이태원

우기 우기
네가 되지 못하는 내 노래가 골목에 갇혔네 좁은 심장에
갇혔네 우기 우기

손가락이 꺾였네 열 개의 손가락으로 새하얀 열 개의
손가락을 껴안지 못해 우기 우기

열 개의 손가락으로 열 개의 기타 줄을 튕기네 어슷비슷
부비기도 하네 우기 우기

반쪽이 된 나라에 갇혔네 저네들이 쳐놓은 국경선 안쪽에
서
한쪽 눈이 되었네

우기 우기
왼편 가슴에 얹은 손바닥에서 나온 슬픔으로 오른쪽
다리가
굳어버렸네 우기 우기

쪼그라든 다리로는 그대에게 갈 수 없어 바다를 건너지
못해
몸으로 몸을 비비며 우기 우기

너희들의 나라를 내 안에 구겨 넣었네 너와 나의 어둠으로
회수하였네 우기 우기

진상 규명 우기, 책임자 처벌 우기, 우기
재발 방지법도 우기 우기

우기 우기
네가 되지 못하는 노래가 골목에 갇혔네 굳어버린 그늘에
눈빛 없이 갇혔네 우기 우기

굿바이 노동절

5월 1일 노동절 아침에 대학교수를 하는 친구로부터
노동자도 아니면서 노동시를 쓰고 노동 관련한 글을
자꾸 쓴다는 푸념을 자주 듣는다는 푸념을 전해 들었다

모를 일이다 주고받는 서로의 마음을 모르면서도
인간은 갈수록 진화하는데, 노동은 진화하지 않으니
어쩔 수 없는 일이 아니냐고 적당히 수습했지만

많이 배운 사람이 많아지면 노동은 더욱 비천해지고
종내에는 노동이 빠져나간 자기 몸을 어쩔 줄 몰라
재벌들 따라 하기가 품위 있게 발광하듯 번지다가

결국은 공부한 상인들의 프랑스혁명이 아니라
오랑캐의 침입으로 망하는 로마가 되는 것 아니냐고
제법 알은체하려 했지만 34년이 걸려서야 겨우

은행과 나라에서 시키는 생계형 노동에서 벗어나
나를 위해 내가 하는 노동을 하러 텃밭으로 나갈 일이

바빠서 그만두었다 지금 지주대를 세워주지 않으면

밖으로 넘어져 쓰러지는 고추와 더덕, 구기자 순을
애써서 만져 북돋우다 보면 메이데이가 허망해지고
남들에게 부끄러운 노동절 휴일이 그저 고마워진다

용서하는 사자의 서

네가 나를 죽였듯이 나는 너를 용서하겠다. 그냥 바라보 겠다. 나의 죽음으로 얻은 너의 생애를 심판하지 않겠다. 국가의 이름으로 명령이라는 가면 뒤에 숨어 살아가는 너의 몸을 살려두겠다. 너의 살결을 타고 깃드는 사랑과 영혼을 그냥 놔두겠다. 네 아내와 네 아이의 맑은 눈동자에 담기는 평화의 그림자를 또렷이 남겨두겠다. 지워지지 않는 것은 지워지지 않고, 사라지지 않는 것은 사라지지 않는다. 너의 맛있는 시간을 빼앗지 않겠다. 너를 용서하겠다. 1980년 5월 18일에, 19일에, 20일에, 21일에, 24일에, 25일에, 26일에, 27일에, 광주 시내에서 시외에서 전라도 곳곳에서 재미로 혈기로, 게임을 하듯이 나를 죽인 너를, 그리고 죽이라고 시킨, 야수의 거죽을 나라의 군복으로 챙겨 입은 너희를, 너희가 나를 죽였듯이 나도 너희들을 용서하겠다.

밤나무 아래, 오월

청산가리로 녹은 살들이 다 벗겨나가던 오월의 밤나무
아래, 알지 못하는 나를 알지 못하는 너에게 바치던 오장육
부도 함께 녹아서 씻겨나가던 밤나무 아래

온전히 이백여섯 개의 뼈들만 남은 몸으로 움켜쥔 손을
펴서 너를 풀어 보내던, 밤나무 아래에서 사랑하지 않아도
스미던 내음이 후욱 사랑을 훑고 지나가

치 떨리던 손으로 다시 너를 껴안지 못해, 어두운 밤을
보내던 날들이 흘러가고 돌아오지 않는 살 대신에 뼈마디를
감싸며 차오른 냄새들이 몸을 이루어

그 몸에서 쏟아지는 말로 네가 오리라, 오지 않고 배기지
못하리라, 노래로 눈물로 감싸안은 손아귀 가득 차오르는
사랑을 나는 아직 모르고 너는 어둡다

봄의 내력

죽은 소녀가 다시 일어서는 봄
입으로 뱉어내는 봄
보옴, 봄

아무리 삼키려도 삼켜지지 않아
아이들이 넘어지고 쓰러졌던
골목으로 가는 봄

흰 껍질을 벗은 뱀의 속살에서
풍기는 내음으로 맡는
보옴, 봄

눈으로 삼켜야 하는 봄
온 나라 온 하늘이 다 힘을 써도
보이지 않는 봄

가슴을 치고 고개를 숙여도
네 아픔이 내 슬픔이 되지 않는

보옴, 봄

제3부

일기

모처럼 밖으로 출타한 날에 쓴 일기는
흐린 어둠으로 뒤범벅이 된다.
아직도 사는 일이 어두워
벗을 알아보지 못하는 날들이 대부분이다.
북쪽 하늘에게 사과하지 못했다.

지하철반가사유

의자에 끼어 앉아 몰리는 두 눈을 감고
손바닥을 펴서 사람들을 바라본다

오른손을 펴서 위로 올려 귓볼에 두고
왼손을 펴서 무릎 위에 얹는다

한참을 고요히, 아무도 관심이 없지만
그대에게 보낼 말이 너무 많아

나무보살이 되거나 돌부처가 된 이들은
손으로 몸을 말아 뒤집은 마음으로

당신의 바다를 건너는가, 내 안으로
시도 때도 없이 밀려오는 아침 햇살과

애쓰는 저녁 바람을 안고 덜컹덜컹
제가 사는 집을 오갔던 것인가

엄지와 검지를 동그랗게 말고
한 손을 펴서 내밀어 그대에게 이르는

모두가 입을 닫은 저녁 지하철이
애린, 지옥을 지나 당신을 영접한다

아침에 신발을 신으며

의심은 항상 그즈음에 들었다
순금 햇살 날름날름 스미는 여명의 순간에
마음으로 들어와 마음을 꺾곤 하였다

키가 작아서 꺾이는 건 아니었지만
누군가를 넘어뜨리거나
누군가의 심중에 박힌 칼자국으로, 나를
그리고 너를 바라보긴 싫었다 한때는
돌멩이를 쥐고 노려보기도 했지만

손안의 돌멩이가 부드러워지는 건
산이든 들이든 진창이든 가리지 않고
낮은 곳으로 떼굴떼굴 굴러 내려와
제자리에서 슬프지 않기 때문,

누군가 주워들어 던지거나 내려치기 전에는
스스로 기쁘지도 않기 때문,
제 몸 안에 든 붉은 피의 온도가

아무에게나 쏟아지는 햇살이기 때문이다

먼 길 떠나는 살붙이를 깊이 안아서
무른 살의 온기를 나누기 때문이다 그랬다
여민 속이 편해진 그 무렵이었다

서울

시간을 숨겨야 하네 너의 얼굴을 바라보며
나를 붙잡기 위한
술래가 되어야 하네

마음이 아픈 병가가 생기기 시작했지만
사무실에서도 술집에서도
함부로 울 수가 없어

그나마 어디에나 있는
유리창 밖 하늘을
애써 바라봐야 한다네 내 편을 찾아서

네 편에 들지 않아야 하는 날들이 깊을수록
우리가 모르는 어둠으로 지하철은 달리네

어디로 가느냐는 질문을 지우고
남들을 찾아
우리도 한번 남들처럼 살아보려는 이들과 함께

네게 들리는 나의 콧노래도 숨겨야 하네
심장은 차갑게 식어야 심장이 된다네

항상 그렇듯이 나를 위해 너를 묻어야 하네
저녁에도 숨을 곳 없는 너를 찾아야 하네

새벽 서울行

증오의 시대를 넘는
노래가 필요하네

오래오래 깊이 미워하였으니
그들의 뒤통수라도 보아야 하네

속곳으로 바라보는 창밖의 을씨년스런
겨울 새벽 풍경에도 새소리는 들려오네

금목서, 육송, 침지향, 광나무, 애기동백,
시금치, 상추에 철없이 웃자란 부추 순까지

세세히 보면 푸름이 가득하여서
한 발 나아가 두 발 무너지는 일이네

그저 바라보며 슬플지라도 너에게
건너가는 두서없는 길이라고

조심스레 연 방문의 낮은 문턱을
적시는 아침 햇살을 함께 맞으러

가야 하네 그의 두 손에 꼭
쥐여주러 가야 하네

서울에서 보내는 편지

풀꽃들이 아우성이다
실은, 비정규직인 그녀들이 아우성이다
여장으로 보이는 알바생 그남들이 아우성이다

실은, 아우성이 아우성이다
언젠가 역광장에 늘어져 누운 아우성에게
맥주 서너 병과 구운 오징어를 사 들고 다가가
아우성의 속내를 들여다보았다

물론 예의는 아니었다
아우성은 비밀, 아우성은 내 것, 아우성은 홀로
아우성은 울음과 다르다
그에게 목욕과 공장의 일자리를 제안했지만
피식 웃는 아우성으로 무질렀다

동냥으로 일을 대신하는 아우성을 몰래 고변하여
시립요양원에 들어갔지만 금방 탈출하였다
아우성은 강한 개인들이라고 믿지만

들판의 풀들은 뿌리로 흙을 움켜쥐고서
뽑히면 뿌리째 흙과 함께 들린다

하늘을 뒤집어 털어도 털리지 않는다
자유는 그런 자유이고 아우성은 그런 아우성이다
남의 눈으로 보이고 흔드는 몸매나 키보드로
드러나는 게 아니다 결국은 딸에게 보내는
아비의 말이 그런 것이다

떨리는 심장이 심장을 만들고
흐르는 눈물이 눈물을 만든다 아우성으로
아우성을 말하는 건 언제나
젊은이를 앞세워 젊은이를 지우는
늙은 노인들의 아우성일 뿐이다

아무리 크고 오래된 풀밭에서도
서로를 건드리지 않고 얻어먹지 않고

아침부터 다시 아침까지 잎으로 뿌리로
밟혀서 기역 자로 꺾인 허리로도
자신의 자유를 자유로 지키는 것이다

반격이 자유가 아니고 아우성이
아우성이 아니다 지금, 너는 네가 아니다

노량진 컵밥거리

노량진 컵밥거리를 걷던 소년이 있었나
밥을 먹기 전이면 미리 배가 부르던
끼니마다

사람이 된듯하여 신문 보급소 밖으로 나가
골목으로 스며들어 어슬렁대는
낮은 하늘을 바라보며

문득, 눈시울을 붉히던
오직 내일뿐이던 오늘을 어찌하지 못하여

서둘러 어른이 되었던 어금니가 있었나
핸드폰 내비게이션을 검색하다가
눈에 띄는 노량진,

컵밥, 거리, 라는 글씨를
아들아들 깨물어 삼키며 모처럼
단맛을 보는가 어리디어린 아이가 되어

어두운 어둠을 밝히기 위한 빛이 아니라
스스로 빛이던 빛들이 여태껏
초롱초롱 타오르는가

서울은 별자리

낮에는 모르는 사람들
서로 잊히지 않으려 도깨비 풀씨로 옷깃에 깃들어
마구 분주한 이들이
번잡한 거리로 거리를 이룬다

아득한 하늘 아래 서로서로
노란 이마를 맞댄다
덜컹덜컹
오는지 가는지 모르는 지하철에는
햇볕도 가랑비도 내리지 않아
창문에 비치는 너의 얼굴이 슬로비디오로 길다

밤이 되어야 불이 켜진다
서로가 서로가 되어
스위치를 넣지 않아도 어디에나 분명한 얼굴로 빛나는
불빛 아래
해바라기가 된다

하루를 견딘 몫으로 별을 매단다
무리를 이룬 별들이 흰 뿌리를 맞대어
붉은 전갈로 은하철도로
끈끈이주걱으로
서로를 이룬다 나는 나로 너는 너로 한 나라를 이룬다

내려다보시라 도회의 야경
때때로 없는 이들이 만들어온 믿음으로
일요일이 만들어졌느니
새벽까지는
곁에 없는 너도
견딜 수 없이 뜨거운
별의 혈관이 된다 누구나 사랑하는 풍경이 된다

고산孤山

남도땅 유배지에서 돌아가지 못하면
그의 집 앞에 큰 돌 하나를 세우라고 했을까

진즉에 눈빛에서 슬픔을 지운 사람들이
물결무늬로 줄줄 흐르는 대학로
마로니에 공원 한쪽에 언제부터 그가 서 있어

불천하 상놈 어부들의 이야기로 들어가
비린내 나는 언문으로 사시사철
몸으로 부르는 이들의 노래가 되었던 그는

실은 망명을 꿈꾸었으리, 같이 사는 사람을
사람으로 보고 같은 사람으로 대한다며
굵은 대창을 거꾸로 세워 꽂아서 죽이는

선연히 눈에 보이는 죽음 너머의 나라를
하늘에 이르는 인간의 마음을 믿는다고
인간의 사지를 갈라 거리에 너는

늙고 오래된 나라가 싫었으리, 새싹은커녕
이끼도 돋지 않는 검은 아스팔트 위에서
남녘의 물과 풀과 그물과 생선의 등껍질이

생생한 숨결로 엉켜서 살아나는 음률들이
돌에 새겨져 '고산 윤선도 생가터'라는
당신의 옛 나라로 흰 뿌리를 돋우고 있나

흐린 반도를 보며 내가 돌아가지 못하거든
비자림 그늘에 푸른 비를 뿌리라 유언하고 있나

홍제천 건너 속풀이

속을 끓인 날이면 마포 홍재천 건너편
'군산찜식당'에서 속풀이를 한다

아귀탕 작은 화로에
국물이 자글자글
주걱으로 끓는 해물잡탕을 떠서 나눈다

아귀, 넙치, 물메기, 홍어 등속으로
이지러진 몸뚱이에 튀어나온 두 눈을 굴려

바닥으로, 길 없이,
줄 서지 않아서
좁고 어두운 길을 찾아 우걱우걱 헤매다가

못난 겉껍질이 속살이 되어
얼어터진 아구창으로 깃든 매운바람을

뜨겁게 끓여서인지 시원히

뜨건 속내를 가라앉힌다, 그래
곁에 이르지 못한 속을 환히 들이마신다

X-마스

여자들만 꼬리로 머리를 삼키는 게 아니다

남자의 형상을 한 그 사내가 실은
용감하고 힘센 여자였을지 모른다
이런 생각은 요즘 착한 사내들이
꼬리에게 머리를 먹히기 때문이다

갈래진 양 머리에 포마드를 바르고
곱게 닿아 두 어깨로 흘린 긴 머리칼이며
검은 선글라스를 쓰고서 확실한
성경으로 새로운 성경을 써 내려간 그러한

누만 년 동안 키워온 인류의 머리를
단숨에 삼켜 다른 누천년을 만들었지 않았는가
기껏해야 키 큰 인간이, 빠른 인간이, 힘센
인간이, 인간들의 머리가 되어 꼬리로 삼키는

인민이며, 동무며, 보안법이며, 분단이며

우리의 입에서 사라지는 말로 우리를 다스리는
세 치의 혀를 날름대는 검은 뱀의 대가리를
하지만 길고 힘찬 꼬리로 감아 옥죄는 것이다

겨울 광장에서 칭칭 차오르던 촛불의 꼬리로
우두둑우두둑 목뼈를 부러뜨려 왼쪽 뺨을
힘없이 내밀 때까지 꼬리로 머리를 삼켜서
감옥에서 풀려난 머리가 잘린 사냥개의 목을

물어뜯든 말든 우리들은 메리 크리스마스!

너를 보내는 동안

십수 년 전에 돌아가신 어머니가
몇 번이나 당부했었다

미운 사람과 헤어질 때는 천천히
밉지 않게 부드러이
멀어져야 한다고

새로 산 공책에 잘못 쓴 글씨를
지우개로 지우듯이
애써서 예쁜

가을처럼 슬피
내 안에서 나온 이들을
겨울 너머 봄으로 돌려보낸다고

빨간 3월, 이태원으로부터

징그러운 몸으로 징그러운 몸을 통과한다. 겨울을 건넌 야산 언저리에 있는 듯 없는 듯 피어 있는 진달래꽃 가지들, 우듬지 아래 마른 흙빛으로 둘둘 긴 몸에 긴 몸을 섞어 얽혀 있는 어린 뱀들이 몸에서 몸으로 우러나는 찬 피를 서로 나눈다. 눈빛을 보았나. 아으, 어강됴리, 어둔 병원 밖에서 검은 나무를 보듬고 울던 여인이 지나가는 사람들을 바라본다. 이빨 없는 몸으로 마침내 징그러운 아침이 내게로 온다.

봄까치꽃

모여서 말로 싸운 사내들이
막걸릿잔을 부딪치며 어울린다

말을 버리고 물든다 누구나
빛깔이 있어서 여기에 있노라고

기다리는 마음은 손톱이어서
봄이 오기 전에 찬바람을 할퀸다

할퀸 상처에서 올라오는 씨눈이
제 살을 찢어 틔우는 뉘우침이

남색 꽃잎이 되고 부딪쳐 어울리는
말들이 새하얀 꽃술로 돋는 소리를

누구도 듣지 못하는, 그 누구도
알지 못하는 새벽에 까치가 울어

먼 하늘이 켜 드는 꽃으로 향기로
우리 서로 가는 길을 밝히고 있다

편의점 불빛 아래

그녀가 웃고 있네 실은
씨알은 물론 솜 타래 한 올까지
실로 잦아서 뱉어 텅 빈 목화송이
껍질처럼 속을 비워 자유로이
환하게 해맑아진 그녀가
머리칼을 다듬어 쓸어올리며
얇은 손가락으로 가는 나무젓가락을
애써 놀리며 컵라면을 먹네
선물하듯이 곁에 있는 사내의
햇반 한 움큼을 새알 낳듯
제 안에 털어 넣어 달게 잘게
메추라기 부리로 쪼듯이 쪼아
오물거리네 밖으로 뽑아낸 실들이
양어깨로 돋아 서로를 걸쳐
팔랑팔랑 햇살에 빛나네
천국은 유리창 안에만 있나,
24시간 플러스로 시간을 지웠네
지워야 할 건 다 지워버렸네

집을 나와 집을 얻은 천사가
구구구 구구 빈속을 비우네
짧은 아침햇살이 골목길을 핥네

2024 일기 엔딩

자기만 파란만장해? 온 나라가 파란만장하거든! 늦은
잠자리에서 돌아눕는 아내의 핀잔으로 한해를 매듭짓고

다시 새해를 받아 안으며 산등성이로 훌쩍 떠오르는
햇살을 향해 두 손 두 발을 곧게 펴서 올리고 위턱 아래턱
아가리를 활활 벌려서

내리 깊이 삼킨다 쿵 짜라 짠짜 짠짜라 짜짜 아직도
헷갈리지 않는 우리의 사랑을 밧줄로 꽁꽁 묶어

그대에게 보낸다 긴 허물을 벗어 어두운 그늘에서 기름진
몸으로 겨울잠을 자며 너울대는 푸른 뱀의 눈빛으로

아무도 슬프지 않게 보낸다 서로 믿는 서로의 팔다리를
잘라서 우리의 마음이 된 우리들의 몸으로는 아마

그대의 파란이 나의 만장으로 되는 것이리라 서로 뒤엉키
고 뒤엉킨 뜨거운 연애를 해보라는 것이리라

시월

지금은 식물의 시간
다 얻어듣고 다 내려놓아

두 팔을 비틀어 스스로 내주며
조용히 작아지고 잊히며

가까워진 겨울을 맞아들여
낮은 담장을 타고 올라
금세 볼을 붉히는

구기자 열매 붉은 뺨을 때려
보듬어 안는 퇴로의 저녁

꺾인 하늘이 깊어지는 연유를
마음으로 껴안는 날들

제4부

편지

시는 언젠가부터 편지가 되었다.
답장은 아득하지만, 그들의 이름을 불러서 듣는
나의 목소리가 그득해서 부끄러웠다.
물론 가난했던 그들을 색칠하여
무어라 무어라 하는 일이 더 부끄럽지만
얼마간 더 쓸 편지를 용서하시라.

자화상

내 몸이 설거지통에 쌓인 그릇처럼 보여서
차분해지는 아침이다

두 귀를 기울여
내 속에서 우러나는 당신을 듣는다

먹물을 마구 뿌린 듯도 하고
좁쌀 흰 꽃으로 핀 담쟁이 같기도 한 당신을

밖으로 내보내서 안으로 맞는 가을이 깊어
오늘 하루는 굶어야겠다

겨울에 쓰는 편지

그대와 싸우느라 한 생애를 다 보냈다

그대가 보내준 시집을 읽으며 잠들었다
이른 아침에 일어나 식사를 하고

고혈압, 당뇨, 고지혈증 알약을 털어
찬물로 삼키고 다시 그대의 시를 읽는다

내 안에서 죽지 않는 생선의 눈동자로
그대의 마음을 만난다 누구의 눈빛도

제 슬픔으로만 제 스스로를 적신다
그대, 덕분에 늙지 않는 바다 너머를 본다

넘치는 어둠이 마냥 무섭지만은 않았다

주 시인에게

휘몰아 덮쳐드는 모래바람을 부드럽게 쓸어내며
천 리 밖을 건너보며 걷는 낙타의 속눈썹은
물에 닿으면 바늘처럼 날카롭게 굳어버려 울지를 못한다
지!

그러한 낙타야, 네 등에 올라탔을 때
속으로 물길이 흘렀다 정읍천 찬물로 서해 바다
어의도 안온한 해변에 이르러 숨은 장군의 마음이 그랬으
라

성실한 적이나 시시때때로 일깨우는 골병이 필요한 나이
를
맞지 못하고 돌아간 사내들이 그렇듯이
살아온 날들을 잊지 마시라, 그리하여 낙타야!

두 개의 굽은 등뼈 사이로 얹은 엉덩이가
금세 뜨거워져 서로 함께 눈썹이 젖을까 봐
벌떡 일어선 하늘만 바라보며 울뚝울뚝 걸었지 않았느냐

그리 거꾸로 걷는 너를 마음에 앉혀 놓고 걸으니
어찌 꽃길이 아니었으랴, 순간으로 순간을 만나서 걷는
천 리 걸음이 단 한 걸음이지 않았으랴, 그리

그래, 버리지말고 껴안아 일어나시라!
순간으로 억년을 사는 지구가 낳은 낙타의 속눈썹으로
술잔을 바라보던 시인아, 두 개의 등뼈를 잘 추스르시라

그것을 서정시라고 한다
―김수영에게

길거리에서 우산대로 아내를 두들겨 팼다는 시인이 실은
집에서 아내에게 두들겨 맞지 않았을까 하는 생각이 드는
것이다

우리는 밖을 보지만 그는 안을 바라보았을 것이다 아침에
무심히 뜨는 해와 저녁에 지는 노을이 모두 그러하듯이

견디지 못한 시인은 지나가는 물음표에게 문득 몸을
던져 버렸을 것이다 인민해방군을 하다가 영어 번역꾼을
한 그는

자신에게 보내는 시말서를 썼을 뿐이다 일기에도 일지에
도 남기지 못할 이야기들을 길가에 버려진 빈 병 걷어차듯이
파리의 살롱과

혁명을 꿈꾸었던 이야기로 침을 튀겼을 뿐이다 이야기를
하다가 죽은 사람은 다시 살아난다는 아일랜드의 경구를
들은 시인은 런닝구를 벗지 않고

가래침을 뱉었던 것이다 오도 가도 못하는 수액들이
제 몸을 졸이고 졸여 한반도로 쏟아졌다 지금껏 그랬듯이,
그것을 서정시라고 한다

진도, 박남인

어으, 웅그린 눈을 감은 사내에게
옛날 사진 한 장을 보여준 그녀가
오후에는 검정 옷으로 갈아입고서
손을 보태는 그녀들과 더불어
오는 손님들에게 큰절을 하고
비스무리 잔칫상을 챙겨주었네
기껏해야 500고지 첨찰산 아래에선
나고 살고 아픈 죽음이 다 축제려니
맛나게들 드시고 흥겨이들 이약을
나누다 돌아들 가시라 귀엣말로
어둔 밤을 건넜으니 개안은 거인께
아으, 모다들 기쁘게 돌아가시라

그 약속, 봄비

900일간 사랑하던 그이가
물고기 뱃속에 넣어 흐르는 강물에
풀어 놓은 편지가

당도한 아침이면
그대의 사랑은 떠나갔지만 살아 있는
내 몸의 배를 갈라

동그란 접시에 오른 슬픔을
읽어 줄 이는 없는가, 옆으로 뒤로
돌아누워도 마치는 뼈마디로

읽고 읽는 하루가
저녁 하늘 같아서 성근 어금니 사이로
흐린 그대 다녀가는가

한보리

팔월 염천 광나무 울타리 아래
내달린 오이의 잔등이 길기도 하다, 그래

달거나 맵기는커녕 쓴맛도 짠맛도
신맛도 우기는 맛도 없이

그저, 목을 늘여 건너는 사막의 밤이면
늑골 아래로 내려와서 고인다지

물맛 하나가 아드득 아드득
북국의 별빛으로 노래 부르며 건너간다지

그래, 검은 눈물 고인 염장을 떼어낸 그는
그대의 낮은 길로 흘러갈 뿐이다

* 한보리: 약 5,000곡 이상의 시 노래를 작곡한 싱어송라이터.

고은

천둥이 입술로 무너지며 새겨진다
오래전 김남주 시인 5주기 추모식이었다

해남군민회관 강당 접이식 탁자에 앉아
멀리 뜨겁게 선생을 바라보는데

병 소주를 시켜 유리컵에 가득 따라
한입에 마시면서 하시는 말씀,

남주는 빨리 가서 좋겠다 나이 들어가면서
마주칠 일들이 참 두렵다! 라는 그 말이

가슴을 친다 통렬함이란 언제나 통렬하지만
산에서 내려올 때는 누구나 뜨겁다

금산錦山으로 보내는 편지

금산, 가보지 못한 곳을
생각하는 밤입니다
보이지 않는 땅속에서
사람 모양으로 밀어 올린 삼의 뿌리가
사람에게 좋듯이
생전 가보지 못한 금산을 생각하며
나는 지금 살아 있습니다
인삼, 깊은 차광막 아래에서
6년이라던가요, 약이 되는 시간은
그대로 사람이 하늘이 되는
인내천의 마음이겠지요
상처를 씻고 병을 달래서 누구에게나
온전한 아침을 열어주는
사랑이겠지요 쏟아지는 햇볕과
스며드는 물길을 삼막으로 치고
두둑을 올려서 애써 막아내는
인삼을 닮은 금산의 당신들을
생각하는 밤이 따뜻합니다

채광석

당신이 가고 나서 비루해졌다

민중문학에서 민중이 슬슬 지워졌고
노동문학을 하던 이들이 돌아서서

너희들의 노동문학을 더 지독하게
눈을 깔고 내려 보거나 밀쳐 두었다

사라진 건 없는데 사라진 민족문학은
한국문학이 되었다 이미 말로 일국을 이룬

통일문학이야 진즉에 사라져
세계문학이 되었다 국경 없는 욕망이 되어

일 년이면 몇백 명이 죽어 나가는
노동의 검은 눈빛 위에 오방색 감탕

신선로가 되었다 얽혀서 서로 뜨거운

문학의 언어를 말아 삼키다가 간신히

당신을 보았다 새파란 불꽃이었다

벗으로 벗는다

아침에 일어나 뒤를 보니
지워진 얼굴이 생생하다

봄날이었던가, 사그락사그락 스미는 바람에
꿈으로 들어가 날리는 꽃이파리들인가

양손을 벌려서 감싸안아 매만지던 얼굴로
금세 젖어 들어 흐르던 따스함인가,

무엇이 그리 뜨거워
너에게 들은 말을 내게 전하며 멀어지는가

견디지 못하는 피톨들이 오장육부를 거쳐
네게로 이른다, 죽었는지 살았는지

아슬할 뿐이다
오직, 그러할 뿐이다 그러했을 뿐이다

종화 兄

기울어진 왼편 턱받이로
솟아오른 오른편 볼살을 잡아 올려

얼굴은 삐뚤어졌어도
눈빛은 물빛으로 흔들리는 사람

당신이 강한 것은 불안하기 때문이고
당신이 현명한 건
확신하지 못해서라며

마음을 바꾸지 않는 사람은
무엇도 바꾸지 않는다고

마음을 바꾸지 않고 그냥
시를 노래로 읊조리는 사람

곤재 困齋 에서

그림 한 점 없는 자산서원에 갇혔다

빗발은 굵어지고
마음은 잔잔해진다

무너진 뒷담 근처 굴착기는 부산하고

간간이 보이지 않는
사람들에 섞여 사방에서

새들이 운다 알은체하지 않으려

곤궁한 가랑비에 젖어
희미한 제 그림자를 운다

낮아서 선명한 소리로 운다, 웃는다

스스로 갇혔다고

보이지 않는 건 아니다

척박한 이들의 손발이 허공을 움켜쥔다

처마에 맺힌
이슬이 환해질 때까지

그러마고, 그에게 고하고 문을 나왔다

* 곤재 정개청(困齋 鄭介淸, 1529~1590)의 자산서원이 옛 무안 엄담인 지금의 함평
  엄다에 있다. 조선 중기의 일가를 이룬 유학자로 『우득록(愚得錄)』을 남긴 그는 초대
  경현서원장을 비롯한 교육직 이외의 관직은 일절 맡지 않았다. 동료였던 송강 정철이
  휘두른 기축옥사에 휘말려 곤욕을 치르고 유배지에서 사망했다.

용궁에 들러

늙고 병들어 몸뚱이를 벗은 어머니를 모신 막냇동생을 만나러 군산으로 가는 길에 잠깐, 고창에서 부안 어름의 질마재를 넘어 바다가 보이는 폐교에서 만난 시인은 풀릴 길 없는 감옥에서 몸부림치고 있었다. 끊임없이 몰려드는 바닷바람을 타고 흰 거품들이 물려왔다 이내 빠져나갔다. 처음부터 초월하고 싶었겠지만, 살 섞은 피붙이들을 말로 부르지 않았어야 했고, 머슴을 부리던 머슴을 아비로 삼지 않았어야 했다. 시로, 부르지 않으면 사라지지 않는 아비를 종이라고 부르지 않아야 했다. 말로는 무엇을 못 할 말이 없는 말로 쓰는 시로, 없는 혀로는 한 토막도 남기지 않는 민담이나 설화로, 이를 빙자하여 용궁으로 가지 않아야 했다. 앞을 보느라 뒤를 따지지 않아 뒤에서 능지처참당하는 군복 따위를 사랑하여 염원하는 미인이라고 부르지 않아야 했다. 그대의 붉은 간을 따로 두지 않았어야 했다.

월선리 산책

1구 탓이니 2구 탓이니
서로를 향해 건너다니는 소문이 고소하다

일곱 기의 풍력발전소가 들어오려던 산봉우리 아래
점점이 켜진 마을의 불빛들이 서로
수고했노라며

어깨를 두드리고 있다
네게서 나온 불이,
내게서 나오는 빛이 되어 서로를 태우는

은빛 카바이드 별빛으로 모두를 적시고 있다
앞으로도 서로를 미워하자며 시시콜콜
눈에 보이는 대로 귀에 들리는 대로

찧고 빻고 얘기하고 전하며
낮은 울타리를 높이지 말자며
풀어놓고 바라보며

걸어서 안온한 마을의 밤을
오래오래 돌아다니며
바라본다 잊지 말자, 모여서 사는 일은 선물이다

등 돌린 울안에서 새어 나오는 소란을 따라
절벽이 된 마음에서 우러나는 따가운
쏟아지는 뙤약볕으로

아침저녁 바람을 타고 건너오는
삼만 육천오백 볼트 깨소금 냄새를 말이다

팔금의 시인에게

―최하림 시인 영전에

남쪽 햇살을 따라 살 만한 집 한 채
알아봐 주라더니 눈웃음 보이더니
바닷가에서 만난 차가운 손을 따라 서녘으로
금세 가버렸지요

패였다가 차오르는 너울이 싫어
튕겨내는 흰 파도를 따라 은빛 비늘이 된 연유를
알겠어요 반짝이는 이유도 알겠고요 속으로만 쌓이는
믿음을 지우고 느낌으로 간 이들은
이른 새벽 해무로 부풀어 올라
식욕을 달구지요

미리 죽은 선어회는 혀로 살살 넘기지만
아무래도 죽지 않은 활어회는 어금니로 씹어야 하지요
무어 그리 보이지 않는 힘줄을 키워 살 속에

실뿌리로 뻗치셨나요

칼등으로 이마를 치고 맥을 따서 한 조금
몸부림이 침묵이 될 무렵이면 아침이 저녁이 되고
돌아보는 쓸쓸함마저 단침으로 고이는 것을
그리 급히 섬을 들춰 메고 날아가는
바닷새가 되셨나요

수은 불로 내린 맑은 소주 한 사발 올리나니
모쪼록 흠향하세요

* 팔금도(八禽島): 섬의 모양이 나는 새와 같다고 하여 팔금도라고 부르는 전남 신안의
   섬으로 최하림 시인의 고향이다.

잉잉 봄날

몸이 아프지 않은 날이 길었다
모처럼 긴 밤을 잔 아내가
화단 안쪽에 흰 수선화로 피었다
길을 건넌 친구들이 겨우내 버틴
미나리 새순을 뜯어 초장으로 무친
술상을 만들어 놓고 불렀지만
저녁에는 어린 새들이 종이배를 타고
아픈 어둠으로 돌아왔다

혼자이지 않은 날들이 깊었다
얼추 피고 얼추 지는가, 서로가
서로를 바라보는 눈빛으로 사그라지고
이내 가누지 못해 어그러지는
꽃이라는 말은 왜 이리 슬픔보다 독한가
누구인들, 뒤를 앞으로 알고
날아가는 날개는 아무도 없다

빛과 약속에 관한 시적 지형도

이영숙(시인·문학평론가)

1

박관서 시인은 '시인의 말'의 마지막 문장을 이렇게 적었다.

이른 겨울에 접어드니 낮은 줄어들고 밤이 길어졌다. 될수록 생각은 낮추고 문밖으로 자주 나서야겠다.

계절의 순리이겠지만 겨울이 오면 동물도 식물도 활동량을 줄이면서 동면에 들 준비를 한다. 생리적 본능에서 그다지 멀지 않은 인간 역시 생동하는 봄에 견주어 심신의 활기가 둔화되는 등 심리적·정서적 동면에 들기도 한다. 그런데 시인은 조금 다르게 말한다. 낮이 줄어든다는 건 밤이 길어진다는 말과 동의어이다. 밤은 어둠의 시간대이고, 밤이 길어지면 어둠을 견뎌야 하는 이들의 부침의 시간도 늘어난다. 몸을 낮추면 타자의 기척, 세계의 정동, 관계의 결처럼 보이지 않던 소소한 현상들이 보이고, '생각을 낮추'어야 어둠을 견디는 이들이 보인다. 시인은 같은 글에서 '시는 빛이자 약속일 것이다'라고 했고, '사람을 직시하고 사랑을 마주 본다'라는 말도 했다. 이에 의하면, 시인은 인간에 대한 빚을 갚고 약속을 지킴으로써 사랑을 실천하는 자이다. 그가 '문밖으로 자주 나서야겠다'고 다짐하는 건 이 때문이리라. 사유의 해상도를 높이며 그는 '빛'과 '약속'에 관한 일련의 시적 지형도를 시집 『너를 보내는 동안』에서 다 펼쳐 보여준다.

두 해 전인가, 그는 자신의 산문집 『남도문학을 읽는 마음』에서 옥타비오 파스를 인용해 '가짜 시인은 남의 이야기로 자신에 대해 말하지만, 진짜 시인은 자기 이야기로 남을 이야기한다.'라는 문장을 적어도 세 번은 강조했다. '빛'과 '약속'은 '진짜 시인'의 본분과 책무를 닮아 있는데, 다음 두 편의 시에서 시인은 그것을 거의 육성으로 들려준다.

슬픔을 맛보는 이들이 모여서 눈썹을 다듬고 있다. 열 손가락이 다 혀가 되었다. 오직 벗어나야 벗어나지 않는다. 눈이 열리고 귀가 트인다. 건너갈수록 멀어지는 그대, 돌아누

운 그대의 등 뒤에서 손바닥이 홍건하다. 손가락을 빠져나간
허망으로 뼈가 젖는다. 담장은 높고 어둠에 이르렀다. 아무라
도 기다리면 된다. 흰 두부 한 모가 하늘에 떠서 그들을
기다린다.

—「시인」, 전문

내 몸이 설거지통에 쌓인 그릇처럼 보여서
차분해지는 아침이다

두 귀를 기울여
내 속에서 우러나는 당신을 듣는다

먹물을 마구 뿌린 듯도 하고
좁쌀 흰 꽃으로 핀 담쟁이 같기도 한 당신을

밖으로 내보내서 안에서 맞는 가을이 깊어
오늘 하루는 굶어야겠다

—「자화상」, 전문

먼저 시적 정황이 그려지는데, 「시인」에서는 웬일인지
"담장" 안에는 '그대 / 그들'이 있고, 밖에는 "슬픔을 맛보는
이들"이 있다. 시의 제목이 '시인'이므로 이 두 집단에 속한

이들은 모두 시인일 것이다. 시대가 정의와 멀어졌을 때 분연히 일어나 현실을 폭로하고 저항하다 투옥된 시인이 우리 현대사에는 유독 많다. "담장" 안팎의 시인들은 이러한 정치적·역사적·공동체적 맥락을 공유하는 집단이 분명해 보인다. "열 손가락이 다 혀가 되"도록 밖의 시인들은 동지의 출옥을 준비하지만("모여서 눈썹을 다듬고 있다.") 안에서는 자신들이 감옥에 있어야 적의 기만과 시대적 진실이 더 드러난다는 듯 의연하다("오직 벗어나야 벗어나지 않는다"). 아이러니하지만, 밖에서 '벗어나야' 진실에서 '벗어나지 않는다'는 논리로서 "눈이 열리고 귀가 트"이는 것은 밖이지만, 스스로 "갈수록 멀어지는" 것은 안이다. 그러나 "그대의 등 뒤에서 손바닥이 홍건"하고 "손가락을 빠져나간 허망으로 뼈가 젖는" 우리에게 이 상황은 신체적·감각적 고통이거나 "담장은 높고 어둠에 이"른 절망만은 아니다. "담장" 안팎에서 협공이 지속되고 있기 때문이다. "아무라도 기다리면 된다"의 부정의 부정을 보라. '아무라도'가 '없다', '않다', '못하다' 등의 부정어와 함께 쓰이는 문법적 요건을 부정함으로써 이 한 문장은 불의가 타파되고 정의가 성취되는 절대적 순간의 도래를 선언한다. 출옥의 상징성을 드러내는 "흰 두부 한 모"가 "하늘에 떠서 그들을 기다리"고 있지 않은가.

앞의 시가 공동체적 주체의 목소리라면, 「자화상」은 「시인」에서 공동체적 주체의 일원인 단독자의 것이다. 그렇게 볼 수 있는 근거는 "내 몸이 설거지통에 쌓인 그릇처럼 보여 / 차분해지는 아침이다"라는 첫 연에 있다. '설거지통에 쌓인 그릇'은 여러 사람이 아침을 먹었다는 사실을 말해 준다. 이때 '내 몸'은 사용된 후 소진되고 초라해진 존재가 아니라 채웠다가 비우는 그릇의 본분을 다한 자이며, 다음을 위해 기꺼이 자신을 설거지해 두는 존재이다. 이때 "두 귀를 기울여 내 속에서 우러나는 당신"을 듣기 위해 몸을 낮춤으로써 공동체적 감각의 층위에서 '당신'은 '나 / 우리' 의 윤리적 자아가 된다. "당신을 // 밖으로 내보내" '담장 안'이나 '담장 밖'에 있게 하는 일이나 "내 안에서 맞는 가을이 깊어" 가게 하는 일은, 그러므로 모두 너나없는 고통 분담의 집단적이고 정치적인 사건이다. 너는 곧 나이고 나는 곧 우리이므로 "오늘 하루는 굶어야겠다"는 연대적 성찰은 자연스러운 귀결이 아닐 수 없다.

이로써 남의 이야기로 자신에 대해 말하지 않고 자기 이야기로 남을 이야기하는 '진짜 시인'이 윤곽이 짙어진다. 경험하지 않은 것으로 자신을 대표하려 한다는 의미에서 '가짜 시인'은 타인을 소비하지만, 자기를 지운 채 자기 내부를 끝까지 통과함으로써 '진짜 시인'은 타자에 도달한다. 시의 진정성과 주체성, 보편성에 두루 밀착되는 그것은 위 두 편의 시 순서를 고쳐 읽었을 때 더욱 명료해진다.

'진짜 시인'에 도달한 「자화상」의 '나'는 「시인」에서 '담장' 안팎의 '시인들'이 됨으로써 비로소 '우리'라는 역사적·실존적 존재가 된다. "순두부찌개 한 숟갈을 떠서 / 흰밥에 비비며 그대를 생각"하는 것이나, "그렇겠지요 그러하겠지요 / 소리가 이는 대로 귀 기울이"는 것이나, "창문을 여미며 그대를 맞이"(「저녁에」)하는 내면의 고즈넉함도 그 연장선에 있다.

일순, 「시인」과 「자화상」과 「저녁에」가 이 시집의 정체성을 대변하고 있다는 생각이 든다. 다양한 인물과 근현대사적 사건, 현실 세계를 관통하는 감각적 사유가 시인의 몸을 통과하여 타자와 공동체적 관계망을 향해 나아가는 단초가 되고 있기 때문이다. 시인의 책무와 개별자로서 인간의 윤리뿐 아니라, 거의 매 편의 시에서 보이듯 고백적이지만 동적 서정 구조를 형성하는 어조의 일관된 특성도 그중 하나이다.

2

탕진하고 싶어서
몸이 다 뒤틀리는 이 봄날에

그늘에서는 슬픈 이들이

다시 눈을 뜨고 있다

사십구 일을 나기 전에는
문밖으로 나서지 않아야겠다

이슬비가 수시로 내리고
등뼈 안쪽이 다 젖었다

-「봄날 이후」, 전문

　자기를 지운 채 자기 내부를 끝까지 통과한다는 말은
반성적 자아이자 내적 타자인 자기 목소리와 동행한다는
의미와 같다. 존재론적 자기 성찰과 심미적 자기 묘사의
방식으로 시인은 슬픔의 기원이 '봄날'이라는 사실을 시집
곳곳에 낙인하였다. "소리소리, 물에도 슬픔이 있는가"(「능
파각에 누워」), "왼편 가슴에 얹은 손바닥에서 나온 슬픔으
로 오른쪽 다리가 / 굳어버렸네"(「1주기라네, 이태원」), "그
저 바라보며 슬플지라도"(「새벽 서울行」), "슬프다, 라고
늦게까지 중얼거리다가"(「1984, 무안동학」), "가을처럼 슬
피 / 내 안에서 나온 이들"(「너를 보내는 동안」), "제 슬픔으
로만 제 스스로를 적신다"(「겨울에 쓰는 편지」), "아기곰
안으로 들어간 이들이 / 슬픔 슬픔 어슬렁거린다"(「1019
만가」), "꽃이라는 말은 왜 이리 슬픔보다 독한가"(「잉잉

133

봄날」) 등이 그것이다. 시집을 흥건히 적시는 울음과 고통과 아픔의 정서를 빼고도 대충 훑어 이 정도이다. 시인이 직설적으로 말하지 않으므로, '봄날'이 상징하는 것을 위 시에서 유추해 보자.

별다른 일이 없었다면, "탕진하고 싶어서 / 몸이 다 뒤틀리는" 게 '봄날'의 인지상정이다. 얼었던 땅이 풀리면서 피어나는 아지랑이, 폭죽을 터뜨리듯 피는 꽃들과 우리의 정서적 맥락은 근친이다. 오죽하면 "그늘에서는 슬픈 이들이 / 다시 눈을 뜨고 있다". 그러나 별다른 일이 있었으므로, '슬픈 이'들은 억울하게 죽은 원혼이 되었다. "사십구 일"의 애도 기간이 그것을 말해준다. 애도를 다 하지 못했으므로, 죽은 자도 산 자도 어쩌면 "사십구 일" 안의 생애를 현재까지 살고 있는지도 모른다. "이슬비가 수시로 내리고 / 등뼈 안쪽이 다 젖"는 세월 말이다. "죽은 소녀가 다시 일어서는" 죽은 자의 '봄'이고, "아무리 삼키려도 삼켜지지 않아 / 아이들이 넘어지고 쓰러졌던 / 골목으로 가는" 애끓는 자의 '봄'이면서, "가슴을 치고 고개를 숙여도 / 네 아픔이 내 슬픔이 되지 않는"(「봄의 내력」) 원죄 의식의 '봄'! '봄'의 비의는 청년 시절에 시인이 통과해 왔을 5·18에 다름 아니다.

슬픔에도 맥락이 있어서 박관서 시인의 경우 그것은 멀게는 저 '무안동학'부터 5·18 민주화운동을 거쳐 풍력발전소가 들어서려던 '월선리' 사태, 이태원 참사를 비롯해

밖으로는 군부 독재가 들어선 미얀마 등을 한 울타리 안에
둔다. 강자-약자, 불의-정의, 폭압-저항, 거짓-진실 사이
를 일관된 정신 하나가 전류처럼 흐른다.

그러니까 엿새 후에
말이 말을 하는 말을 들었다

말이 다가 아니라고 하는 말도 있지만
케냐에서 온 커피를 내리던 사내는
맑은 눈빛을 가누며 실은 향내가 빠지면
할 말이 없다는 말을 하며 귀를 씻었다

할 말을 하는 시인의 장기를 꺼내어
불로 태워 죽이며 나라를 세우거나 지키는
2022년 12월 30일 후에 그러니까

진흙으로 빚어 신의 숨을 불어넣은 인간이
말 못 하는 어미의 살과 뼈를 가르고 나온
개나 돼지만도 못해진 엿새 후에

말로 말을 하는 말을 아프게 들었다
바람으로 잔모래가 빠져나간 끝에 이르러

갈 곳이 없어서 겨울 햇살까지 따뜻한

남녘의 동그란 도시를 떠돌았다

말이 하는 말로 말이 되는

당신이 아니라, 내가 개가 되어 웅웅

소리를 쫓아 소리를 담아 소리를 지르며 속으로

다시 말하면서도 말을 못 해서 미안한

말을, 그러니까 고요히 쓰다듬어

말없이 함께 밤을 맞는 것이다

—「미안한 밤의 시작법」, 전문

이 서늘한 시는, 1980년 5월의 광주("남녘의 동그란 도시")를 겪은 시인 박관서가 군부 독재 치하에서 죽임을 당한 미얀마 시인 '켓 띠'에게 보내는 서한 형식을 띠면서 '말'의 작동 방식이 주체의 윤리적 위치에 따라 달라지는 과정과 결과를 보여주는 한편으로 시인 자신의 '시작법'을 중층적 구조로 연계한다. 이 시에 의하면, '말'과 관련하여 적어도 다섯 가지 층위가 있다.

먼저 "말이 말을 하는 말"이 있다. (조작된) 말이 (오염된) 말을 낳는 구조로서, 이는 진실과는 무관한 공허한 담론 따위에 해당한다. 신이 되려다("진흙으로 빚어 신의 숨을 불어넣은 인간”) 인간 이하의 “개나 돼지만도 못해진” 미얀마 군부 독재의 선전이나 명분, 레토릭 등이 그것이다. 군부 쿠데타를 일으킨 후 이에 반대하는 국민을 기만하고 호도하기 위해 동원된 온갖 말들이 여기에 해당할 것이다. 둘째, “말로 말을 하는 말”도 있다. ‘~로’의 용법 중 하나는 ‘어떤 일에 대한 수단이나 방법을 나타내는 부사격 조사’이다. 말이 도구가 되어 무기로 사용되는 경우인데, 이때 도구로서의 말은 불의를 정당화하고 살해를 용인하는 단계까지 나아간다. ‘켓 띠’의 죄명은 무기를 소지한 혐의였으나 시인의 집에서는 폭탄과 관련해 어떤 증거도 발견되지 않았다고 한다. 셋째, “말이 하는 말로 말이 되는 / 당신”의 말이 있다. ‘켓 띠’가 국민을 향해 “그들은 머리를 겨누지만, 혁명은 심장에 있다는 걸 모른다.”라고 쓴 시가 그것이다. 이는 예리한 진실이었지만, 군부는 ‘혁명’을 도려내듯 ‘켓 띠’의 심장을 비롯한 모든 장기를 적출했다. ‘말’이 인간을 어떻게 죽이는가를 보여준 사례이다. 그러나 넷째, 시인은 정작 “소리를 지르며 속으로 / 다시 말하면서도 말을 못 해서 미안한 // 말”에 관해 이야기하려고 한다. 5 · 18이 금기어였던 군부 독재 시절에 속으로만 울부짖었을 뿐 불의에 대해 ‘켓 띠’처럼 “할 말을 하”지 않았다고 그는 자책하는 듯하다. 다섯째, “말이 다가 아니라고 하는 말”이 있다. 케냐에서 온 바리스타 사내가 “향내가 빠지면 / 할 말이 없다는 말”을 했을 때, 우리는 사내에게서 커피에 대한 진심을 발견한다. 감각과 침묵이 '말'을 대신할 수 있는 것은 상호 간 신뢰가 전제된 상식적인 사회에서의 일이 아닌가. 그러나 도구화된 말이 넘쳐나는 시대에는 진짜 말은 죽고, 목소리 큰 말이 이기며, 말하지 못한 자는 '미안'해지고, 케냐 사내의 '할 말 없음'은 무시되거나 이해되지 못한다. 이것이 자기 내부를 끝까지 통과한다는 것이 무엇인지를 보여주는 「미안한 밤의 시작법」의 전말이다. 미얀마와 광주는 동병상련의 아픔과 상처를 공유하는 관계이다. 말의 본질을 밝히는 방식으로 우리가 세계와 유대하는 세계 내 존재가 되어야 함을 드러내 보여준다.

3

이성복이 『무한화서』에서 "언제나 가까운 데서 찾고, / 다른 데서 가져오려 하지 마세요. / 무엇보다 자기에게 절실해야 해요. / 쓰고 나서 많이 아파야 해요."라고 했을 때, 이는 우연히 이 글의 1·2부를 압축한다. 다시 그가 "좋은 게 좋다는 식으로 화해하게 하면 안 돼요. / 평화를 얻으려면 불화不和가 먼저 있어야 해요."라고 했을 때, 이는 시에 관한 전언이지만 각도를 조금 달리하면 또 우연처럼 2부의 연장이자 3부의 마중물이 되어준다.

앞으로도 서로를 미워하자며 시시콜콜

눈에 보이는 대로 귀에 들리는 대로

찧고 빻고 얘기하고 전하며

낮은 울타리를 높이지 말자며

풀어놓고 바라보며

검어서 안온한 마을의 밤을

오래오래 돌아다니며

바라본다 잊지 말자, 모여서 사는 일은 선물이다

―「월선리 산책」, 부분

　‘월선리’에는 ‘우리 마을에서 가장 예쁜 이름’을 가진 “임달래”가 산다. 또한 “예쁜 이름”을 아끼는 마을 사람들이 모여 산다. “낮은 블로크 울타리를 지키는 비파나무”가 심긴 마을 산책을 “한 순배로만 끝낼 수 없어 다시 / 삼삼오오 동네를” 돌만큼 마을을 아끼는 이들이 “임달래 / 뒷동네 지제마을 어귀 문패에 새겨진 이름”(「달래, 가장 예쁜 이름」)을 몇 번이고 읽고 지나가며 아름다운 시절을 보내는 곳이다. 그러나 전통적인 하나의 공동체가 이해관계에 따라 대립하고 분열하는 일은 흔하다. 풍력발전소를 세운다는 정부의 발표 이후 월선리 주민들이 반목한 것도 그 때문이다. 주민들의 찬성과 반대를 동시에 긍정하면서 "앞으로도 서로 미워하자"는 시인의 독특한 관점이 제시되는데, 다만 그 전제 조건은 "눈에 보이는 대로 귀에 들리는 대로 // 찧고 빻고 얘기하고 전하며 / 낮은 울타리를 높이지 말자"는 것으로, 어떤 편에 유리하든 불리하든 모든 것을 투명하게 공개하여 일체 삿됨을 없애자는 것이다. 이 시는 주민의 격렬한 시위와 사회적 연대에 의해 그 설립 방안이 무산된 시점에 씌어졌다. 불화가 없으면 평화도 없다. "검어서 안온한 마을의 밤"을 지켜냄으로써 월선리 주민에게 "모여서 사는 일은 선물"이 된다. 마을 공동체는 파괴되지 않았고, 그리하여 "그 자리에 그대로 있는 가장 예쁜 이름 / 임달래"를 "산책을 하는 이들"(「달래, 가장 예쁜 이름」)은 앞으로도 계속 볼 수 있게 되었다.

박관서 시인의 세계 인식의 단면을 톺아볼 수 있는 지점을 다음 시에서도 볼 수 있다.

힘으로만 자유가 얻어진다는 1%의 믿음이 억압받아야

친절해진다는 99%의 피로 물든 시대에 지배하고 부리는

이들의 편에 끼이지 않아 누구도 해치지 않은 무해한 사람을

본다 짐승으로 덤비는 문초와 고문을 받으면서도 담담히

나는 독립운동가도 아니요 노동자도 아니요 단지 피압박

받는 나라의 무직자라고, 흐릿한 그늘 너머 햇살로 쏟아지던

그의 외줄기 고백을 본다

그저 이기는 게 다여서 작은 적을 모아 큰 적을 이루어
죽이고 뺏고 차별하며 큰 적으로 작은 적을 제압하는, 모두가
모두를 적으로 삼아 싸우는 난쟁이의 나라에서 그리하여
한 명의 배신자가 천 명의 사람들을 울리면서 부리는 그러한
나라를 위한 불꽃이었으랴, 고요한 나무 잎새에서 봄꽃이
폭탄으로 터져 오르나니, 기억할지라!

부끄러이 쏟아지는 그의 경고를 듣는다
                        ―「이봉창, 봄꽃의 경고」, 부분

말이 말을 하거나 말로 말을 하는 부류가 있고, 말이
하는 말로 말이 되거나 말이 다가 아닌 말을 하는 부류가
있다. "힘으로만 자유가 얻어진다는 1%의 믿음이 억압받아
야 친절해진다는 99%의 피로 물든 시대에 지배하고 부리는
이들"이 전자라면, "누구도 해치지 않은 무해한 사람"은
후자이다. "그저 이기는 게 다여서 (중략) 큰 적을 이루어
(중략) 작은 적을 제압하는 (중략) 한 명의 배신자"가 전자라
면, 기꺼이 "(울면서 부림을 당하는) 천 명의 사람들을"
위해 "불꽃"이 된 이는 후자이다. 케냐인 바리스타가 커피의
맛과 향으로 '말'하듯, '이봉창' 열사는 "나무 잎새에서

봄꽃이 폭탄으로 터져 오르"듯 "고요한" 행동으로 '말'한다.

'가짜 시인'과 '진짜 시인'에서도 그랬지만 강자와 약자, 자본과 노동, 수다와 침묵 등에서 박관서 시인은 일관되게 후자 쪽이다. 같은 관점에서 문학인은 어떠해야 하는가를 다음 시가 짚어준다.

당신이 가고 나서 비루해졌다

민중문학에서 민중이 슬슬 지워졌고
노동문학을 하던 이들이 돌아서서

너희들의 노동문학을 더 지독하게
눈을 깔고 내려 보거나 밀쳐 두었다

사라진 건 없는데 사라진 민족문학은
한국문학이 되었다 이미 말로 일국을 이룬

통일문학이야 진즉에 사라져
세계문학이 되었다 국경 없는 욕망이 되어

일 년이면 몇백 명이 죽어 나가는

노동의 검은 눈빛 위에 오방색 감탕

신선로가 되었다 얽혀서 서로 뜨거운
문학의 언어를 말아 삼키다가 간신히

당신을 보았다 새파란 불꽃이었다

―「채광석」, 전문

문학의 지형도가 바뀌었다. "많이 배운 사람이 많아지면 노동은 더욱 비천해지는"(「굿바이 노동절」) 아이러니 속에서 민중문학과 노동문학이 쇠퇴하고, 민족문학은 한국문학으로, 통일문학은 세계문학으로 호칭이 바뀌었다고 시인은 탄식한다. 민중문학과 노동문학의 창작 주체의 변질("노동문학을 하던 이들이 돌아서서 // 너희들의 노동문학을 더 지독하게 / 눈을 깔고 내려 보다가 밀쳐 두었다") 등을 통해, 또한 "이미 말로 일국을 이룬" "세계"라는 "국경 없는 욕망"에 편입되느라, 더 나아가 "일 년이면 몇백 명이 죽어 나가는 / 노동" 현장의 구체적 현실을 간과한 채 우리는 "오방색 감탕 // 신선로"로 포장된 자본에 매혹되고 있다. "당신이 가고 나서 비루해졌다"는 선언은 "문학의 언어를 말아 삼키"고 있는 우리의 허약성을 드러내 보여준다. "새파란 불꽃"으로 살다 갔으나, 여전히 "새파란 불꽃"으로 살아

있는 이들을 찾아 나서는 시인의 행위는 부재하는 타자를
다시 관계의 장 안으로 호출하기 위한 것이다. 서정성이
짙은 다른 시들에 비해 드물게 직설적이고 강렬한 느낌을
주는 이 시는 '채광석'에 대한 그리움을 빌어 짧은 지면에
문학의 현주소를 담고 있다.

4

십수 년 전에 돌아가신 어머니가
몇 번이나 당부했었다

미운 사람과 헤어질 때는 천천히
밉지 않게 부드러이
멀어져야 한다고

새로 산 공책에 잘못 쓴 글씨를
지우개로 지우듯이
애써서 예쁜

가을처럼 슬피
내 안에서 나온 이들을
겨울 너머 봄으로 돌려보낸다고

　우리가 이미 보았듯, 박관서는 첨예한 역사 인식과 정치 의식을 가진 시인이다. 시집 전 편에서 그는 타자와 공동체에 대한 연대 의식, 상실과 부재와 애도의 근원적 탐구, 말의 윤리와 시인의 책무에서 한순간도 멀어지지 않았다. 이런 테마는 신념과 주장을 품고 있어서 감정적 톤이 높아지는 게 보통인데, 그의 시들은 대부분 유속이 느리고, 목소리는 낮고, 내면 독백의 어조는 조곤조곤하다. 시집의 표제작이기도 한 위의 시가 암시하는바, 그의 시적 개성은 그의 성품에서 비롯되는 듯하다. '어머니의 당부'이기도 했지만, "미운 사람과 헤어질 때는 천천히 / 밉지 않게 부드러이 / 멀어져야 한다"거나, "가을"에서 나온 "이들을 / 겨울 너머 봄으로 돌려보낸다"고 할 때 시간의 속도나 계절 간의 간격은 오히려 지극히 비현실적이다. 밉거나 슬픈 감정이 기반 곰삭아 내릴 만큼 긴 기다림의 뒤가 아닌가.

　「물염사주勿染四住」 역시 '어머니'에 관련된 일로서, "하도 일이 안 풀려 점을 치러 간 아내"가 받아온 점괘에는 "퇴직금까지 잘라간 / 인척들을 멀리하라" 했는데, 이 말을 듣고도 그저 아무 말 없이 "흰 쌀을 씻어 둥근 솥 안에 넣고 / 손등으로 자박자박 밥을 안치던 어머니"의 생각은 점괘와 다르다. '그러한 인척일지라도 멀리하면 안 된다'는 게 어머니의

'말 없는 말'일 것으로, 시인은 어머니로부터 '물염사주'라는 성품을 물려받았다. 더욱이 '무안 일로읍 근방의 각설이'를 위해 "세찬 눈발이 집안으로 치고 들어온 / 날이 선 고드름 처마 안쪽에 // 김칫국물 끼얹은 밥 한 뭉텅이를 / 바가지로 모셔두고 들어"오는 "아내"나, 그 모습을 보면서 "빈속으로 차갑게 몰리는 야생의 눈도 / 이빨에 발톱까지 따뜻해"(「무안일로근방각설이마음정처」)지는 자연 사물의 내면에 이르면, 시인의 서정성은 또한 '무안'이라는 대지적 어머니의 유산임도 분명하다. 그러나 정지된 개인적 정념으로서가 아니라 공동체적 윤리를 향해 가므로, 그는 '빚'과 '약속'을 잊지 않고 다음 시에 이를 수 있었다.

네가 나를 죽였듯이 나는 너를 용서하겠다. 그냥 바라보겠다. 나의 죽음으로 얻은 너의 생애를 심판하지 않겠다. 국가의 이름으로 명령이라는 가면 뒤에 숨어 살아가는 너의 몸을 살려두겠다. 너의 살결을 타고 깃드는 사랑과 영혼을 그냥 놔두겠다. 네 아내와 네 아이의 맑은 눈동자에 담기는 그림자를 또렷이 남겨두겠다. 지워지지 않는 것은 지워지지 않고, 사라지지 않는 것은 사라지지 않는다. 너의 맛있는 시간을 빼앗지 않겠다. 너를 용서하겠다. 1980년 5월 18일에, 19일에, 20일에, 21일에, 24일에, 25일에, 26일에, 27일에, 광주 시내에서 시외에서 전라도 곳곳에서 재미로 혈기로, 게임을 하듯이,

나를 죽인 너를, 그리고 죽이라고 시킨, 야수의 거죽을 나라의
군복으로 챙겨입은 너희를, 너희가 나를 죽였듯이 나도 너희
들을 용서하겠다.

—「용서하는 사자의 서」, 전문

광주에서 학살당한 희생자의 목소리로 말하는 이 시는
도무지 양립할 수 없는 두 층위를 어긋난 조건으로 묶어놓았
다. "네가 나를 죽였듯이 나는 너를 용서하겠다."란 말이
그것이다. 이 말의 어법이 정당화되려면 '네가 나를 죽였듯
이 나도 너를 죽이겠다'이거나, '네가 나를 용서했듯이
나도 너를 용서하겠다'가 되어야 한다. 그러나 어법을 무시
한 채 '나'는 '너'에게 위해를 가하지도, "심판하지"도, '너'
의 "시간을 빼앗지"도 않을 것임을 거듭 약속한다. 다만,
"네 아내와 네 아이의 맑은 눈동자에 담기는 그림자", 즉
학살자 자신일 수도, 그 자신이 죽인 사람일 수도 있는
"그림자"를 보는 것만을 '너'의 몫으로 두려고 한다. "지워
지지 않는 것은 지워지지 않고, 사라지지 않는 것은 사라지
지 않는다."는 의미에서 '너'는 가장 사랑하는 가족에게
비친 자신의 추악한 진실과 줄곧 대면하는 고통을 피할
수는 없을 것이다.

이 "용서"를 누가 감당할 것인가. 이 대범한 역설을 어떻
게 감당할 것인가. 이 시는 죽은 자의 '말'이 아니라 '서書'이

므로 사라지거나 훼손되지 않는다. 번복하거나 수정할 수도
없다. 선언이므로 변명이나 회피도 불가하다. ‘너’는 ‘나’의
용서를 받아들여야만 한다. 그것이 ‘너’의 숙명이다!

이때 죽은 자의 목소리에서 복수심이나 증오가 느껴진다
면, 시를 잘못 읽은 것이다. 죽은 자는 이 시에 진심 어린
용서를 담았다. ‘진짜 시인’이 그러하듯, 학살자들의 반성적
자아가 자기를 끝까지 통과해서 ‘나’라는 타자(희생자)에
도달하길 바라고 있다. “네가 나를 죽였듯이 나는 너를
용서하겠다.”는 밀도 높은 문장은 ‘네가 나를 죽였듯이
네가 너를 죽인다면(반성한다면) 나는 너를 용서하겠다.’로
수정될 기회를 기다린다. 그리하여 “네 아내와 네 아이의
맑은 눈동자”에는 학살자가 아니라 용서받은 자의 그림자
가 비칠 것임을 암시해 놓았다. 이 시가 숭고미를 품고
있는 이유이다.

5

가실 햇볕 비추면 광대뼈도 녹는다

가장자리 무논의 샛노란 볏가리도
죄 없는 고개를 꺾고
마른자리 평상의 검정 깨알도 티를 감춘다

　박관서 시인은 이번 네 번째 시집에서 따뜻한 서정과 차가운 서정, 개인과 집단의 윤리 등을 다루면서 다양한 폭력과 모순, 고통에 관해 깊이 있는 성찰을 보여주었다. 질문보다 답에 주력하면서 시집을 관통하는 '빛'과 '약속'의 시적 지형도를 완성한 것이다. 서정을 심었는데 윤리라는 알곡이 실하게 수확된다. 풍년이다.

너를 보내는 동안

초판 1쇄 발행 2025년 12월 30일

지은이 박관서
펴낸이 조기조

펴낸곳 도서출판 b
등 록 2003년 2월 24일 (제2023-000100호)
주 소 08502 서울시 금천구 가산디지털2로 169-23 1501-2호
전 화 02-6293-7070(대) 팩시밀리 02-6293-8080
누리집 b-book.co.kr 전자우편 bbooks@naver.com

ISBN 979-11-92986-53-1   03810
 값   12,000원

* 본 도서는 전남문화재단의 2025 예술활동지원 사업의 일부 지
  원으로 발간되었습니다.